Luisín, el guard
del planeta
MW01007051

El pequeño Luis, como de costumbre, veía en la tele los "muñe"(los dibujos animados), esperando a que su mamá le avisara la hora de ir a comer, pero este lunes tardó en estar hecha la cena, y Luisín se puso a ver las noticias del día.

Vio con asombro la "marea negra", que mataba peces y aves; después, cómo los rayos ultravioletas del sol dañaban la piel y los cultivos en algunas zonas del planeta. Por último, el locutor habló de lo rápido que crecen los desiertos, y de los pocos árboles que se siembran.

Luisito se quedó boquiabierto. Él nunca había conocido otra cosa que su casa, su escuela y la "tanda infantil" de la televisión. No entendía que su bella "bola del mundo", su pintoresco planeta azul, se estuviera derrumbando.

—¿Qué hacer? —se preguntó, aún delante del televisor.

Y mientras comía, las escenas vistas en las noticias le daban vueltas y vueltas en la cabeza.

—No podemos esperar más...; hay que detener esa "marea", sembrar muchos árboles y cerrar esos boquetes en la atmósfera —todo esto lo dijo en voz alta.

Su madre, que lo observaba, le preguntó:

Los cuentos del abuelo Pepe (5)

Luisín y otros cuentos

Jose Carlos Díaz Ramos

Alexandria Library
MIAMI

Luisín y otros cuentos

pepecarlosdiaz@hotmail.com

ISBN: 978-1499249019

Editor: Baltasar Santiago Martín
bmartin1955@att.net

Diseño de cubierta e ilustraciones: Arq. Martin Cedeño
elmartinson@yahoo.es

Diseño tipográfico: Laura Portilla

Este libro se puede adquirir en: Amazon.com

www.alexlib.com

—Luisín, ¿te has vuelto loco? Estás hablando solo...

El niño sonrió dulcemente y contestó:

—No mami, estaba pensando en voz alta.

Dicho esto, subió por la escalera a su cuarto, buscó entre sus juguetes, y encontró la güija; se sentó en el suelo y la puso delante de él.

En sus ruegos pidió la presencia del dios del agua:

—Dios de los ríos y los mares, ¿qué hacer para detener la marea negra?...; se van a acabar los peces, desaparecerán las algas.

Todo esto lo dijo con los ojos cerrados y las manos abiertas, moviéndose rítmicamente sobre el tablero "embrujado".

Como él aún no leía correctamente la güija, esta hizo una excepción y habló (porque las güijas no hablan, se leen).

—¿Pero qué hacer, Luisín? Los hombres no se detienen, no cuidan las aguas —dijo el dios del agua con voz profunda.

El niño pensó y pensó, y de pronto dijo:

—Pondremos a trabajar a los peces y las aves, que son los primeros perjudicados

—¿Y cómo? —preguntó el dios del agua con voz muy ronca.

—Escucha: Las aves en su vuelo diario te informan de dónde vienen y dónde se vierten las sustancias tóxicas, el petróleo o la basura... ¿no?

—Correcto... ¿y después? —preguntó una vez más el dios.

—Pues llamas a los peces que nadan en la superficie..., los "voladores", les entregas paños y coladores y, les ordenas que naden en hileras y vayan pasando por encima de la mancha o la marca. Al final las aves costeras tomarán los paños y los coladores y los vaciarán o enjuagarán en un lugar previsto, tierra adentro, hasta que la zona del desastre haya quedado limpia.

—Pues tu plan será cumplido, pequeño Luisín —dijo el dios acuático con chasquidos de agua.

Al otro día, muy temprano, hasta los temibles tiburones y las grandes ballenas se unieron para arrastrar grandes paños y filtros sobre la superficie marina.

Las aves hacían largas colas en la orilla para llevar tierra adentro los residuos de la marea negra.

Luisín tomó la güija y, cerrando los ojos, movió sus manos encima del tablero cargado de letras: —Dios de la tierra, te estoy llamando con urgencia —se detuvo un momento —hay que detener los desiertos.

—¿Y qué hacer, mi pequeño Luis? —dijo una voz muy grave, con olor a polvo y a hierba seca.

—Tengo un plan —dijo el niño.

—¿Cuál, Luisín? Dímelo y será cumplido —dijo el dios de la tierra.

—Mira, reúne a los insectos y a las aves y explícales su función, ya que muchos de ellos viven de los desperdicios del hombre, sin importarles nada más —dijo el niño.

—¿Y cuál será esa función? —preguntó interesado el dios de la tierra.

—Pues los insectos y las aves deben transportar más eficazmente el polen y las semillas hasta los lugares más despoblados de árboles —enfatizó el pequeño; después, el dios de la lluvia tiene que regarlos —añadió finalmente.

Al día siguiente, bien temprano, los vecinos del campo y la ciudad se quedaron asombrados: en algunas partes, los insectos taparon el Sol, volando de flor en flor, diseminando el polen por todas partes. Las aves invadieron parques y campos, transportando semillas entre el pico y sus patas, que más tarde dejaron caer en los lugares más desérticos.

Luisín estaba contento, pero no había terminado.

—Solo falta tapar los agujeros de la atmósfera y protegernos de las radiaciones dañinas —dijo Luisín pensativo, mientras caminaba por su cuarto.

Volvió a tomar la güija y llamó al dios del aire; este se presentó con una voz muy fina, en forma de silbido, y con una cola muy larga, como la de una cometa o papalote.

—¿Qué deseas de mí, mi buen Luisín?

—¿Qué podemos hacer para tapar esos agujeros en la atmósfera, que tanto daño hacen al planeta?

—Yo no dispongo de seres vivientes, mi buen niño; recuerda que, aunque las aves me utilizan mucho, viven y pertenecen a la tierra —aseveró con silbidos el dios del aire.

—¿Entonces qué se pudiera hacer? —preguntó nuevamente Luisín.

—Bueno, yo puedo llevarte a dar un recorrido por la parte superior de la atmósfera, a ver qué se te ocurre en el trayecto, mi niño —dijo el dios.

Durante el recorrido, Luisín pudo ver lo bello que es nuestro planeta y lo infinito del espacio.

—Tengo una idea —dijo Luisín desde la alfombra mágica que le había proporcionado el dios del aire —Regresemos a casa urgentemente

Preparó agua y jabón, y todas las mañanas recorría la parte superior de la atmósfera, cubrió las zonas más afectadas con pompas de jabón, y así logró tapar la entrada de los rayos dañinos al planeta.

Pasada la semana, todos los periódicos e informativos hablaban de la proeza de Luisín, y fue llamado y condecorado con muchos diplomas y medallas.

Y cuando en la televisión hablan de él, lo llaman "Luisín, el guardián del planeta".

"Harás bien" y "Harás mal"

Yo conocí hace ya mucho tiempo, cuando aún era un niño, a dos hombres que realizaban trabajos muy fuertes en la costa sur de Güines: "Harás bien", noble y robusto; y "Harás mal", delgado y mal pensado.

Cuando terminó la recogida de la caña de azúcar y comenzó el "tiempo muerto", "Harás bien" le propuso a su delgado compañero:

—"Harás mal", se acabaron los cortes de caña; te propongo que nos vayamos a la costa a extraer carbón.

—¡"Harás bien", tú estás loco...! En la costa hay muchos bichos y no los resisto.

"Harás bien" no habló más y se puso a andar rumbo al batey vecino, donde se levantaba, alto y largo, el viejo barracón que albergaba a los cortadores de caña.

"Harás mal" lo siguió a poca distancia. Una vez adentro, recogieron sus cosas y, con el poco dinero que les quedaba, fueron hasta la tienda del batey y compraron pan, frijoles y tocino rancio —que era más barato.

Pusieron los sacos encima de los caballos y se dispusieron a partir. "Harás bien", de un salto, se montó sobre su yegua pinta; pero "Harás mal", que lo observaba, dijo, fingiendo pena y dolor:

—¡Amigo, mi pobre mulo no se siente bien, deberías dejarme montar en tu yegua detrás de ti!

—¿Los dos en mi yegua...?; sería mucho peso por esos empantanados caminos —le respondió "Harás bien", preocupado.

—Es que me duele mucho el dedo chiquito de mi pie izquierdo —repuso "Harás mal" fingiendo dolor, al tiempo que daba pequeños saltitos sobre un solo pie.

"Harás bien", sin pensarlo dos veces, bajó de su yegua e invitó a "Harás mal" a que se sentara sobre el lomo de su yegua.

—¡Pero si cabemos los dos, hombre! —respondió "Harás mal", que no comprendía la preocupación de este por su yegua.

Despreocúpate, compañero; estoy bien, puedo caminar, y además llevaré a tu mulo de las riendas —respondió "Harás bien", y echó a andar rumbo a la vecina costa.

"Harás mal" lo siguió en la yegua, sin decir palabra alguna, pero el camino se hacía cada vez más fangoso y pantanoso, por lo que "Harás bien", unas veces empujando por el pecho y otras veces por la cabeza, ayudaba a su yegua a salir del fango, sin decir nada a "Harás mal", que fingía un gran dolor en el dedo de su pie.

Al llegar a una pequeña elevación, la yegua de "Harás bien" resbaló y se lastimó el casco con una piedra puntiaguda, por lo que comenzó a cojear y sangrar. Al ver esto, "Harás bien" le pidió a su compañero que se bajara de la yegua, ya que el animal se había lastimado.

—Nada le ha pasado a tu yegua, cojea así por lo sinvergüenza que es... Yo no puedo...

¡—Bájate, "Harás mal", bájate! —le dijo enérgicamente "Harás bien", al tiempo que detenía la yegua por el freno.

"Harás mal", cuando vio la actitud decidida de su compañero, se bajó contrariado y maldijo en voz baja.

—Yo te ayudaré a caminar! —le dijo firmemente el buen hombre a su fiel compañera.

—¿Y qué vas a hacer con esta yegua tan vaga? —preguntó el fingido enfermo.

—Quitarle la carga y soltarla para que se cure.

Cuando oyó esto, y habiéndose olvidado de su pie enfermo, "Harás mal" de un salto se montó en su mulo, y encima de este, se dirigió a su compañero de viaje:

—"Harás bien", no puedo llevar tu saco..., sería mucho peso para mi pobre mulo.

"Harás bien" se echó el saco al hombro y emprendió el viaje por el intrincado camino, lleno de bejucos y grandes árboles, mientras penetraba en el bullicio ensordecedor del bosque.

Cuando llegaron a un claro de la floresta, "Harás mal" se detuvo a esperar a "Harás bien", que, con su pantalón enfangado y el saco al hombro, venía dando tumbos.

—"Harás bien", debemos comer de tu pan, y así tu saco pesará menos durante el viaje —le dijo al recibirlo.

"Harás bien" puso el saco en el suelo, sacó el pan y lo partió en dos partes iguales.

—Coge tu mitad —le dijo y extendió su brazo.

"Harás bien" tomó su parte y la partió en dos pedazos, le dio una a su yegua, que, aunque lastimada y coja, lo seguía a cierta distancia, y se fue a comer su trozo de pan junto al río, para que las migajas que cayeran al río fueran comidas por los cangrejos y las truchas que saltaban en la superficie, así como por una gigantesca tortuga que permanecía en el fondo, y que a intervalos subía a la superficie.

—"Harás bien", no seas tonto, cómete el pan tú solo, que después vas a estar débil —le gritó "Harás mal" con la boca llena. Dio unos pasos y dijo en voz baja:

—Mira que darle comida a esa yegua vaga... y mucho menos a esos pececillos, que solo saben nadar y comer.

Pero "Harás bien", que poseía un agudo oído, le respondió:

—Mi yegua no es ninguna vaga, está lastimada de verdad y además estos peces son muy lindos; hay que cuidarlos y alimentarlos... "¡Haz el bien y no mires a quien!" —respondió el noble hombre, sin quitar la vista de las cristalinas aguas, que se arremolinaban ante él.

Caminaron durante todo el día por la intrincada maleza, en busca de un lugar bueno para cortar leña y levantar el horno, mientras comían los víveres del saco de "Harás bien".

Al segundo día, decidieron levantar el rudimentario campamento en un claro del bosque, donde cargaron ramas, guano y palmeras para construir su cabaña.

—"Harás bien", ¡como has comido!; casi no queda alimento en tu saco...; sin embargo, mira cómo he ahorrado del mío, está prácticamente lleno...

Y seguidamente, continuó de forma arrogante:

—Como soy el más ordenado y ahorrativo, y poseo un fuerte mulo, yo seré el jefe y me quedaré cuidando el campamento, mientras tú irás a cortar leña y árboles para nuestro gran horno.

"Harás bien" no contestó, tomó su hacha y se dirigió a lo intrincado de la maleza, comenzó la faena y, mientras daba fuertes hachazos, cantaba y silbaba alegremente. En muy poco tiempo tuvo a su alrededor una gran cantidad de aves, que disfrutaban de su melódico silbido. Algunos, como el sinsonte, lo imitaban con su lírico canto.

"Harás bien", como pago a tan agradable compañía, antes de derribar un árbol siempre miraba a ver si existía algún nido en él. Sin embargo, en el improvisado campamento, muy cerca, sucedía todo lo contrario, pues "Harás mal" se dedicaba a hostigar a pájaros y ardillas con un tirachinas que tenía.

A los pocos días de que "Harás bien" estuviera cortando leña comenzó la construcción del empinado horno.

"Harás mal" no lo ayudaba a cortar y a levantar los troncos, pues alegaba que iba a preparar el almuerzo; que se sentía mal, o, simplemente, que estaba cansado.

Ya al comienzo de la segunda semana, en la explanada del bosque, se levantaba redondo, alto y puntiagudo, el gigantesco horno de nuestros amigos, con una peculiar forma que recordaba a las milenarias pirámides egipcias.

A medianoche, cuando el horno empezó a quemar, de entre las ramas y la tierra que lo cubrían comenzó a escapar un humo blanco y fino que, a la vez que ahuyentaba a los mosquitos, proporcionaba un calor agradable para dormir en la fría noche del bosque.

Junto al horno, y acompañando a nuestro amigo, estaba su yegua pinta, el maltratado mulo y otros muchos animales del bosque que eran ya sus amigos.

Ya avanzada la madrugada, "Harás mal" se levantó peleando y maldiciendo por el constante zumbido y las picadas de los mosquitos, y al mirar hacia la explanada del bosque y ver la tranquilidad y hermandad que allí reinaba, comenzó a gritar con rabia:

—¡Fuera, fuera..., partida de holgazanes! ¡Vienen a robar el calor de nuestro horno! —Se volvió hacia "Harás bien", que medio dormido aún, no sabía qué sucedía: —Yo no sé cómo permites esto... —Ellos no molestan, "Harás mal"..."¡Haz bien y no mires a quien!" —afirmó el buen hombre, y volvió al sueño.

No conforme con ello, "Harás mal" cogió una rama, la volteó en el horno, y empezó a azorar a cuanto animal encontraba a su paso.

"Harás bien", que aún dormitaba, se despertó del todo y de un ágil salto se puso de pie. Fue hasta donde estaba "Harás mal" y, con una mano, le detuvo la rama. Los pájaros y garzas volaron a los árboles cercanos; los animales terrestres, como las ardillas, los gatos y los perros, huyeron a la intrincada maleza.

—¡No vuelvas a hacer esto, mi compañero! —dijo el corpulento "Harás bien", mirándole fijamente a la cara, que le palideció a la luz de la redonda luna llena.

"Harás mal", contrariado y derrotado, se fue hacia el improvisado barracón construido entre los troncos de tres palmas barrigonas, y se quedó dormido allí, azorando a los mosquitos y maldiciendo el trinar de grillos, pájaros y arañas.

Mientras, a poca distancia, en la explanada del bosque, ocurría otra escena bien distinta:

—¡Venid amigos, venid..., dormid al calor de mi horno, que el espantapájaros de "Harás mal" no os molestará más!

Dicho esto, las garzas, los gansos, los patos, los sinsontes y el resto de aves comenzaron a dejarse caer desde lo alto de los árboles, con las alas abiertas, hasta las cercanías del gigantesco horno de carbón. Al rato, todos dormían plácidamente al calor de tan pintoresco horno, que, por su constante columna de humo por la boca superior, daba la impresión de que era un pequeño volcán en medio de la ciénaga. Solo algunas aves de hábitos nocturnos permanecían despiertas en las ramas de los árboles y, cual vigías marinos, estaban atentas a cuanto acontecía en los alrededores.

Una lechuza blanca, de cabeza grande y redonda, que montaba guardia, inclinó la cabeza para tratar de aguzar su oído, pero no pudo ver nada en la interminable maleza llena de bejucos y arbustos. La fiel lechuza permaneció muy atenta, y su fino oído, acostumbrado a los ruidos de la noche, detectó que algo se movía sigilosa, lenta y taimadamente, acercándose cada vez más a la ancha explanada del bosque donde dormían sus amigos, por lo que decidió dar un corto vuelo de reconocimiento, mas se detuvo en el aire cuando comprobó que a unos diez metros un inmenso cocodrilo los acechaba, preparado para atacarlos.

El gigantesco reptil, que por sus lentos y estudiados movimientos para no despertar a sus víctimas recordaba a uno de sus parientes lejanos, el camaleón, cuando está al acecho de una indefensa mosca, fue así puesto en evidencia, y su plan de ataque por sorpresa fracasó, ya que la lechuza, desde el mismo aire, con su estridente grito de alarma, despertó a todo el mundo. El inmenso cocodrilo, al verse descubierto, se lanzó al ataque, arrastrando y partiendo cuanto arbusto encontró a su paso; como si entre los arbustos se arrastrara un inmenso tronco de palma real.

"Harás bien", confuso aún por el sueño, pero en pie, vio asomar el largo hocico, grotescamente abierto, en el claro del bosque. El reptil se detuvo, confundido, cuando sintió el calor y el humo que envolvía la explanada, y esta indecisión fue la que aprovechó nuestro amigo para correr hasta la choza, donde "Harás mal" dormía profundamente.

—¡Harás Mal, Harás Mal...! —dijo con voz entrecortada, tratando de no ser oído por el reptil.

"Harás mal", como de costumbre, se despertó peleando y maldiciendo, lo que facilitó que el hambriento animal pudiera ubicarlos y se dirigiera hacia ellos.

—¡Ahí viene, "Harás mal", corre! —dijo "Harás bien" con un sacudión y echó a correr.

"Harás mal" lo seguía de cerca, pero el reptil también se lanzó a correr detrás de los dos hombres.

Las aves, al ver el peligro que corrían, comenzaron a revolotear encima de la cabeza del feo reptil, que se detenía para tirar dentelladas al aire, tratando de alcanzar a aquellas atrevidas aves.

Algunas garzas y gaviotas, en un gesto verdaderamente heroico, se le posaron encima y le picotearon el grueso caparazón, por lo que el saurio se detenía y se revolvía desesperadamente, lo que le permitió a los perseguidos aumentar su ventaja en la huida.

" Harás mal" gritaba asustado:

—"Harás bien", "Harás bien"..., espera amigo, que si me quedo solo, esos pájaros se apartarán del cocodrilo y me alcanzará.

Harás Bien, sin detener su carrera lo consolaba:

—No te preocupes compañero..., ¡prometo que no te abandonaré a tu suerte!

Llegaron sofocados al riachuelo que habían cruzado días antes, pero ahora lo encontraron crecido, mucho más profundo y ancho por las lluvias del día anterior, por lo que tendrían que cruzarlo a nado, y ya en el agua serían fácil presa del reptil, pero si

regresaban, irían directos a la boca de este, por lo que "Harás bien" gritó:

—¡Al agua, "Harás mal"..., es la única posibilidad de poder salvarnos!

—¡No..., no; nos comerá antes de que lleguemos a la otra orilla! —sollozó "Harás mal".

Sin pensarlo dos veces, ecuánime y decidido como siempre, "Harás bien" lo agarró por la cintura.

—No puedo, "Harás bien"..., ¡no sé nadar!

Ya frente a ellos gran parte de los animales del riachuelo se agrupaba para intentar encontrar una salida a la tragedia de sus amigos, tenían que hacer algo, ¿pero cómo? Mientras, las aves también revoloteaban encima del arroyo con el mismo propósito.

"Harás bien" no esperó más y, en un gesto desesperado, se echó al agua.

Sostenía a "Harás mal" con una mano, y nadaba con la otra, pero con ese nadar tan lento pronto serían presa fácil del reptil..., mas no podía abandonar a su suerte a su mal intencionado compañero.

El animal, en cuanto llegó al arroyo, se detuvo bruscamente. Parecía disfrutar de la escena, pues sabía que el agua era el medio idóneo para darles caza; solo debía dejarse caer y, únicamente con el impulso, llegaría hasta ellos; además, "Harás bien" nadaba muy lentamente debido al peso de "Harás mal", que se aferraba fuertemente a él y gritaba:

—¡"Harás bien", soy tu amigo...! ¡No me sueltes que me ahogo...!

También hasta la orilla del crecido río llegó a todo galope la yegua de "Harás bien", ya repuesta de su rasguño en el casco.

Todos miraban desesperados cómo el feo reptil se acomodaba en la orilla, buscando la menor distancia hasta los dos amigos. Su gigantesca boca abierta penetró lentamente al agua. Las truchas y las biajacas le saltaban por delante, tratando de atraerlo, mas el astuto animal no se distrajo y siguió mirando fijamente a sus presas. Cuando finalmente penetró en el agua, todo parecía perdido.

"Harás bien" sintió a sus espaldas el golpe del pesado reptil al entrar al agua y se volvió hacia él dispuesto a defender sus vidas al más caro precio. Mientras pateaba fuertemente para mantenerse a flote, sin miedo, su musculoso brazo levantó amenazadoramente el afilado machete, mientras "Harás mal" se abrazó al cuello de su compañero, para esconderse detrás de su ancha espalda.

A poca distancia, el cocodrilo nadaba despacio, en línea recta hacia nuestros amigos, con su mandíbula superior desmesuradamente abierta, dejando a su paso una estela de agua como si se tratara de un submarino a flote, pero en ese momento de máxima tensión apareció una inesperada amiga, Cuca, la tortuga que días antes había compartido las migajas de pan con "Harás bien", que se dejó ver en la superficie, muy cerca de la boca del monstruo y, para gran sorpresa de todos, dio un salto suicida hacia la abierta y gigantesca boca, donde se situó transversalmente, pegada al ángulo de abertura, y le hizo perder fuerzas en sus mandíbulas, a la vez que le impedía que las cerrara con su duro caparazón.

Los otros amigos del río se sobrepusieron del susto y se lanzaron en defensa de los perseguidos. Los peces mordían y se colgaban de los tejidos que rodeaban la boca del cocodrilo.

Al ver esto desde la orilla, la yegua de "Harás bien" y el mulo de "Harás mal" se metieron en el agua dispuestos a terminar con el terror de aquellos pantanos. La yegua mordió fuertemente la cola del cocodrilo, que se revolvió impotente, sin poder desprenderse de sus atacantes, y ya más cerca de la orilla, la yegua logró pegar sus fuertes cascos al fondo y, en medio del fango y del agua, comenzó a arrastrar al monstruo hacia la orilla.

La tortuga Cuca, de vez en cuando sacaba la cabeza y observaba los acontecimientos, pero sin moverse de su posición: sabía que de ella dependía el éxito de la batalla y que todos confiaban en ella.

Ya a la salida del arroyo, la boca del inmenso cocodrilo, desmesuradamente abierta, sangraba sin parar, mientras que sus fuerzas estaban completamente agotadas. A muy poca distancia, en el agua, las truchas y las ranas daban grandes saltos para no perderse ningún detalle de lo que acontecía.

En ese momento, el viejo y musculoso mulo de "Harás mal" se situó de espaldas al reptil y, apoyado en sus patas delanteras, descargó una descomunal patada que hizo volar por los aires al feo reptil, momento que aprovechó la jicotea Cuca para saltar al agua.

El cocodrilo cayó a unos veinte metros, todo magullado, y hacia él corrió "Harás bien" con su machete, dispuesto a acabar de una vez y por todas con el enemigo principal de aquella zona, pero el reptil, en cuanto lo vio venir, se incorporó a duras penas e inició una desordenada carrera de huida. Cuentan que el susto que pasó fue tal que nunca más se le volvió a ver por los contornos de la ciénaga.

Ante tan nobles y fieles amigos, "Harás mal" se encontraba cabizbajo, parado en el fango de la orilla, avergonzado de su actitud anterior, y "Harás bien", comprendiendo su arrepentimiento, le puso la mano en el hombro y le dijo:

—"Harás mal", de tu actitud futura dependerá; si verdaderamente estás arrepentido y has aprendido la lección, nunca olvides este actualizado y viejo refrán: "¡Haz bien y no mires a quién!".

Dicho esto, todos regresaron a la explanada del bosque, a secar sus ropas y sus pelos junto al horno.

Cuando ya comenzaban a dormirse, se despertaron sobresaltados, pues a cierta distancia escucharon unos pasos que se aproximaban lentamente ..., mas de repente todos rompieron a reír cuando vieron a Cuca, que, tambaleándose de un lado al otro, les decía:

—¡Amigos, ábranme un hueco que también vengo a calentar mi frío y duro carapacho!

Sobre el autor

José Carlos Díaz –"El abuelo Pepe" –, autor de este libro de cuentos "para todas las edades", nació en Güines, un pueblo al sur de la Ciudad de La Habana, en el seno de una familia rica en valores y principios morales y espirituales, lo que nos devela la razón de su detallado conocimiento de la vida del campesino cubano y de los "secretos" de la fauna y la flora de la hermosa y feraz isla caribeña.

De Güines la familia se mudó para Mantilla, un barrio de La Habana, ciudad en cuya universidad estudió la carrera de profesor de Enseñanza Media Superior, la cual ejerció por más de 25 años, lo que explica el carácter educativo de sus cuentos y su preocupación por inculcar valores y principios universales como la honestidad, el amor al trabajo, la bondad, el altruismo, el amor y la solidaridad.

José emigró a España en 1999 y luego, en el 2004, se asentó con su esposa, hijos y nietos en Miami, Estados Unidos.

"Desde mi adolescencia me gustó la escritura, pero sobre todo cuentos con un mensaje educativo, como estos que escribí pensando en mis hijos cuando vivía en Mantilla, y que ahora publico en Miami para mis nietos", respondió el sencillo y noble escritor a mi pregunta de por qué Los cuentos del abuelo Pepe, este libro hermoso, tierno, auténtico y nada aburrido, que trata de historias llenas de acción, con combates con fieros cocodrilos, tiburones y ataques de aves de rapiña, aunque también habla de flores vanidosas, muñecas hermanas, hadas y otros seres encantados y encantadores, que cautivarán, como se acostumbraba a decir antaño, "a grandes y a chicos".

Baltasar Santiago Martín

Made in the USA
Middletown, DE
24 April 2022

64693938R00018